AF355669

ETRENNES

A MESSIEURS

LES RIBAUTEURS

LES SUPPLEMENS

AUX ECOSSEUSES,

O U

MARGOT LA MAL-PEIGNÉE

EN BELLE HUMEUR,

Et ses qualités.

Se vend à paris chez frippe saulse quartier des ragoûts.

M. DCC. LII.

A MESSIEURS

LES

RIBAUTEURS.

MESSIEURS;

Je profitons du biau & nouviau tems pour avouir l'houneur de vous flanquer par la philofomié un plat de note méquier ; qui n'eft pas chien, & dont je nous flattons que voté tervelle qui eft fubtile comme une botte d'alolumette fera fatisfaite : ce font les fpiritueux rebus de Mlle. Margot la Mal-Peignée ; Reine de la Halle, qui demeure au rez de chauffée d'un feptiéme étage ; à une maifon qui n'a ni devant ni dattierre ; alle fait oune fille accomplie ; tous les hommes en font amoureux comme les chiens de coups de bâton ; c'eft une grande petite perfonne de la hauteur de la feringle d'un Apoticaire ; blanche comme la bouteille à l'ancre ; la tête faite en pain de fuc ; les cheveux fins & doux comme un vieux balet de jong ; le front quarré comme une cueillere à pot ; les

yeux à fleur de tête & grands comme des
noyaux de cerife dans une bouteille à Eau-
de-vie, le nez comme l'éperon d'une botte,
les jouës vermeille comme une betterave,
des lévres rouges & petites comme les bords
d'un viel pot de chambre égueulé, les dents
petites comme des touches d'épinette, l'ha-
leine douce comme celle d'un Bouc, le men-
ton comme une corne à bouquin, la peau
tendre comme une décrotoire, de la taille
menuë comme un tambourg, les jambes en
ferpents, les jambes en truelles de Maçons,
des graces comme une tortuë, la voix harmo-
nieufe comme un Corbeau, le caractere gra-
cieux comme la porte d'une prifon ; en un
mot de l'efprit comme tous les dindons de
l'univers ; voyez Meffieurs, fi avec de tels
dons vous ne devez pas efperer d'être con-
tent de l'éloquence de Mlle. Margot la Mal-
Peignée, dont l'ambition eft de captiver vos
cœurs, comme je fuis jaloux de vous divertir
un moment, j'ai l'honneur d'être,

MESSIEURS,

Mon très - humble
Serviteur B. S. S.

(5)

LES
SPIRITUEUX REBUS,
DE
Mᴸᴸᴱ. MARGOT

La Mal-Peignée Reine de la Halle,
Marchande d'Ouranges.

Le Faraux. **B**On jour Mlle. Margot,
Mlle. Margot. **B**Bon jour Manſieu lFaraux.
L. F. Combien vos Oranges,
Margot. Faut-il vous ldire aux juſte, ſix ſols
       pour vous,
L. F. Oh ! c'eſt trop,
Margot. Et vous?
L. F. C'eſt trop vous dis-je,
Margot. Vous ne les ourez pas pour ce que
      vous en dites.
L. F. Six yiards,
Margot. Parle don Maré-Jeanne, as-tu des
      Ouranges à ſix yiards à bailler à Man-

fieu , oû demeurez - vous Manfieu je
vais vous les envoyer par le coufin de
mon chien ,

L. F. Tais-toi Beguelle ,

Margot. Sis-tu ce que c'eft qu'ine beguelle ,

L. F. C'eft une chalopaide comme toi ,

Margot. Equeuté Jerofme , regarde don ce
Manfieu manqué qui mi pelle chalop-
parde ,

Jerofme. Qui fchien là! faut l'y tourner lrefte
fea devant darriere.

Margot. N'ty jouë pas , car il a ptit morciau
de fer au cul ,

L. F. Vante-t'en que j'en ons un même pour
faire la barbe à Jerofme ,

Jerofme. Qui toi carçaffe embeurée , jte clou-
ray l'ame ente deux pavées ,

L. F. Nous ferions deux ,

Jerofme. Quien , crois my , retire toi , car jte
donnuerons un ravayon fu l'œil qu tu
n'envras goutte d'fix femaines,

L. F. Si nous étions bien épenté , tu nous
frais qu'afiment peur enfan de cœur de
Marfeille ,

Jerofme. Veut - tu te rtirer moule de gueux ,
car j fommes de ces chiens dfus le pon ,
fi jnous rélichons avec l'un , nous rélichons avec l'autre.

L. F. Nos ferions deux , te dis-je , ne t'é
chauffe pas car les pleurefies fon dan-

gereuſes cette année,

Jeroſme. Veus te voir ?

L. F. Quoi voir, qu'aboiras beaucoup, &
q'tu ne mordras mi,

Jeroſme. Attends chien, attends que j'ayons
mis noute habit bas, tu as voir biau
jeu,

L. F. Finiſſez vous dis-je, vous n'êtes pas
michant,

Jeroſme. Je crois que ce gratte pavé là, a en-
vie de ſe faire rire.

L. F. Pourquoi pas puiſque j'avons le tems.

Jeroſme. Laiſſe-m'y paſſer Maré-Jeanne que
je placque conte el mur ce grin jdiot
ce grin cauppe jaret là.

Margot. Et y allez vous en auſſi quand on
vous le deits,

L. F. Et vla ma commere la poſſedée reſſu-
ſcitée, & comment te porte depuis que
tu ne la vû,

Margot. Rind don comte à Malbroux, cet
échappé de Pillourie, ce morciau de
yiande mal a crouché.

L. F. Bon pour toi pillier d'Hôpital, confi-
dente à Soldars aux Gardes, beauté
manquée, dix-ſept fois vilaine, tapiſ-
ſerie de la Grêve, morceau de chien
dégouttant, ramaſſée dans un tas de
bouë, reſte de mon ſouper d'hier au
ſoir.

Margot. Regarde dont Maré-Jeanne, vla ti pas un homme bien chié, pour nous aplé morçiau de yiande dégoutant; va s'il étoit 'là y troit rintre les paroles dan 'lventre, idole de bois flatté, qu'ss peste de Chevalier de parade.

L. F. Qui, ton guerluchon ?

Margot. Bón, pour toi pillier de Mont Faucon, avec ta mine à Calo capable de faire rinéré le dijeuné à noute chat, va tin tdis-je avec ton cadavre pestiferé, quien que nous veux ce grand Landale là, veux-tu t'en allé vilain Magot de la Chine, veux-tu courir tdis-je?

L. F. Mlle. la Guenon en as-tu assez dégoisé avec ton nez propre à croster min cul.

Margot. Scis-tu qu'c'est qu'ine Guenon, enfant de dix-sept peres, diseu de bonne aventure, espions d'orphelins de murailles.

L. F. Y a long tems que jel sçavons pour la premiere fois, car c'est toi qui a fait la fortune à Simone ; * tu dois bien t'en souvenire, puisque tout le monde disoit que tu avois le visage

* Simone, étoit une Charlatane qui a long-tems raudé dans Paris, & qui avoit toujours une Guenon avec ellie.

fait comme un fabot, & les yeux à
fleur de tête comme un gros fou dans
la poche d'un aveugle, ai-je menti
vilaine ?

Margot. Faudroit être fourti de ta Bohe-
mienne de famille pour être un mon-
ftre de nature comme toi, l'hourreur
du genre humain,

L. F. Tais-toi donc poifon de la Halle, cré-
me de laideur, honnête fille manquée,
grouin de çochon ; va va ne fait pas
tant là fierre, car fi tas un tabier fu le
cul, c'eft ton Soldar aux Gardes qui te
li donné,

Margot. Eh ! quoi t'embraffe tu, es ! n'y a
que ça & les poumes cuittes qui nous
font vivre.

L. F. Quien regarde don cette belle & bonne chienne, la vla rouge comme un
Rubis, belle comme un oignon, on
nfauroit la regarder fans pleurer alle
eft propre comme une pelle à boueux,
grave comme un pot de chambe é-
gueulé.

Margot. Eh bian, eft-ce là tout double de
Margot défallée dans le déboir d'une
gueufe, cœur de citroüille fricaffée
dans la neige, recureu de puits où l'on
chie, tas la gueule morte avec ta mine
de papier maché, ton pefte de nez

épaté qui reſſemble au cul à la jumenë
à maître Jean.

L. F. Pourquoi veux-tu que javons la gueule
morte , va va javons mangé de laille
je l'avons forte , & jte dirons en deux
paroles & une berdoüille que t'eſt une
charogne échappée de la boucherie à
Giroux. *

Margot. Va t'en don a la Gréve, où t'on pere
a été pendu , où tu fras rompu vilain
avec tes yeux chaſſieux.

L. F. Si j'y ſommes rompu t'y prendras les
bains dans un cent de fagoſt , avec toute ta clique & ton Jerôme.

Margot. Jerofme entend tu ce viſage antique ,
qui deiſt que ſerons brûlés.

Jerofme. Tu nſourois ly répondre que c'eſt
Jeudi ſon tour , que ſes billets d'entir-
rement ſont ſous la preſſe.

L. F. Tu badine , te dis-je car c'eſt demain
que Charlos fras un haricot de ton
corps , comme étant ſortis des culottes
à Cartouches.

Jerofme. Attends-m'y là jſommes à toi dans
lquart d'heure,

L. F. Arreſtez don cette henneton qui a de
la paille au cul.

Jerofme. N'bouge donc pas chien , reſte donc
là.

Giroux eſt l'Ecorcheu de chevaux de Paris.

Jerofme. Va chercher un bâton & s'en revient :
le Faraux en le voyant venir met la flam-
berge au vent, Margot & Maré-Jeanne faififfent le Faraux par derriere :
Jerofme profite de cela, faboule mon
Faraux, lui caffe fon épée, la Garde
vient, on met les manchettes à Je-
rôfme & au Faraux, Margot & Maré-Jeanne vont auffi chez le Commif-
faire, Jerofme & le Faraux vont au
Châtelet, Margot & Maré-Jeanne
font renvoyées, mais ménacées de
l'Hôpital ; chemin faifant Maré-Jeanne rencontre la Jacqleine qui lui de-
mande trois yiards, qu'elle lui doit, &
mes trois yiards quand me les bailles-
ras tu ?

Marie-J. Quand les Poules marcheront avec
des bequilles, (& lui montre des cornes,)

La Jacq. Eh bian puifque c'eft comme ça,
jen te quittrons pas que je les ayons ou
je taracherai ton bounet.

Marie-J. Quien vla toujours pour toi (ce
font encore les cornes qu'elle lui montre,)

La Jacq. Jveux que le Diable emporte l'ame
de mon chien, fi tu ne me les donne
tout à l'heure.

Marie J. Tu n'les oura pas, car c'eft une

affrontêufe.

La Jacq. Et toi qué que t'eft une laroneffe, une pucelle de la ruë Maubouée, une coureufe de garçons ?

Marie-J. Dis don moi vilaine empoifonneufe d'hommes, car n'en as tu pas attrapé plufieurs & tous enfans du cartier.

La Jacq. Va, va j'avons toujours eu plus d'honneur que toi, je n'avons pas paru à la Police trois fois comme toi.

Marie-J. Si j'y avons paru ce n'eft pas pour nos mal faits.

La Jacq. Tu nous en coule ma mignonne a jte conniffons depis long-tems.

Marie-J. Quand tu nous connitrois, jen fomme pas une effrontée comme toi, un réfte de pâte à tout le monde, j'allons pas de porte en porte pleurer & dire jnons pas de pain.

La Jacq. M'y as tu vû, mangeufe de tout bien, pillier de cabaret, quien, tais toy, car t'eft encore foule.

Marie-J. Faudroit être une gueule à tout grains comme toi.

La Jacq. Apprin qui n'y a qu'un chien qu'a une gueule, & que j'avons reçû le Baptême.

Marie-J. T'en n'eft pas meilleure pour ça.

La Jacq. Je valons bien note dirniere maraine.

Marie-J. Qui toi, ce ne sras jamais ton tour ;
qu'es ce qui voudroit de toy, car tu
n'vaut pas un chien mort.

La Jacq. Et toi la corde pour te pendre. La
pouriture, la pouriture.

Marie-J. N'cris point la pouriture, je n'ons
pas encore vendu mi hardes comme tas
fais pour nous faire blanchir.

La Jacq. J'aimons mieux être toute nûe que
d'avoir empoisonné tout Paris comme
tas fait. Quion crois-moi, rind mi mes
trois yiards, car j'allons nous tourcher

Marie-J. Jsommes pour toi.

La Jacq. Dépêche-toi, te dis-je de m'les
rindre.

Marie-J. Les Dépêchés sont pendu.

La Jacq. Tu n'veux don pas, foi de Jacq:
leine je vas t'prindre ton bounet.

La Jacqleine. Se met en devoir d'ôter le bounet à Marie-Jeanne, qui lui baille une
giroflée à cinq feüilles, elles se battent
en relais, les bounets sont saucés dans
le ruisseau, Marie-Jeanne est cependant
la plus forte, & dit à la Jacqleine, qui a
les yeux pochés au beurre noir, en as
tu assez pour tes trois yiards.

La Jacq. Répond. Jsommes contente, jles au-
rons toujours bien.

Marie-J. Ouin quand jtaurons encore donne le bal.

Le Jacq. Tu n'ouserois vunir avec moi.

Marie-J. Pourquoi pas je vons par tout la tête levée, toujours faifant bien, rien ncraignons.

Les vl parties cheu Caplin, où elles demanderent un demi feptier de facre-chien, & en l'avallant la fin de ma Commedie leur entre dans le ventre.

F I N.